... NORMANDIE

... 27 mai 18...

... et décisions politiques

... l'archevêque de Rouen

...

# PLAINTES
## ET
# REFLEXIONS
## POLITIQVES

*SVR LA HARANGVE DE*
M*r* *l'Archeuesque de Roüen, faite au Roy dedans la*
*ville de Tours, au nom du Clergé de France & de*
*vingt-quatre Euesques suiuans la Cour, qui l'accom-*
*pagnoient.*

### CONTRE

## LE PARLEMENT DE PARIS
### EN FAVEVR DV CARDINAL MAZÁRIN
proscript, & legitimement condamné par
plusieurs Arrests donnez contre luy.

*Où il est monstré, que le Parlement est Juge naturel &*
*legitime des Cardinaux, Archeuesques, Euesques,*
*Abbés, & autres Ecclesiastiques du Royaume,*
*tant Seculiers, que Reguliers.*

## M. DC. LII.

# PLAINTES

### ET

# REFLEXIONS.

## POLITIQVES

### SVR LA HARANGVE DE

*Monfieur l'Archeuefque de Roüen, faite au Roy*
*dedans la ville de Tours, au nom du Clergé de*
*France, et de vingt-quatre Euefques fuiuans la*
*Cour, qui l'accompagnoient.*

### Contre le Parlement de Paris.

OUTE la France croioit eftre au bout de fes malheurs, & toute l'Europe s'imaginoit auoir trouué la fin de fes defolations, en voyant l'autheur de tant de fouffrances, et la cause de tant de confufions, en eftat de ne pouuoir plus les augmenter, & à la veille d'en reffentir la peine & la punition qui le menace depuis tant de temps. Noftre Roy, que Dieu conferue, eft le premier qui a fait connoiftre par fes Declarations authentiques & verifiées, l'horreur qu'il auoit

d'vn gouuernement tyrannique, & l'auerfion qu'il auoit contre vn mauuais Miniftre, en le declarant incapable de l'employ qu'il fe donnoit, & le banniffant de fon Royaume comme l'ennemy de fon peuple, & le fleau de fes fujets.

Le Parlement de Paris qui ne fçait abandonner la con-feruation de l'Eftat qu'il tient en depoft, & ne laissant rien d'impuny dedans les crimes publics, fecondant les inten-tions de fon Souuerain, & voulant remedier aux plaintes de tant de millions d'oppreffez, a donné quantité d'Arrefts pour efloigner vn mal eftranger qui ne peut qu'empefter & corrompre la France, tant qu'elle fouffrira que ce que l'Efpagne a de plus honteux & de plus infame, s'efleue icy deffus le throfne de nos Souuerains, & qu'il face litiere des Princes du Sang, en violant tout ce qu'il y a de plus faint et de plus facré dedans le lict de Iuftice de noftre jeune Monarque, & les Loix fondamentales de cét Efttat.

Cét augufte & inesbranlable Senat voyant que le plus conuaincu de tous fes criminels fe croyoit affez innocent, pourueu qu'il pût empefcher l'execution des Arrefts qu'il auoit fi iuftement & fi juridiquement prononcé contre luy; A efté contraint de mettre fa tefte à prix, & de promettre cinquante mille efcus à celuy qui fauuera cent millions d'or à la France, en deftruifant le voleur qui la met en proye, & tous ceux qui l'habitent dedans la misere & la pauureté où ils font aujourd'huy reduits, par le nombre infiny de ſes brigandages, & de ſes peculats inſatiables.

Quelques Gouuerneurs & Mareſchaulx de France qui ſont faits de la main de ce proſcrit, craignans que leur Chef & leur createur eſtant deſtruit & abbattu, on ne vienne à les rechercher apres, & qu'informant de leur vie, on ne les trouuaſt complices de la pluſpart de ſes deſordres & de ſes violences; Non contens de ſolliciter ſon retour auprés d'vn Roy qui ne fait que ſortir de minorité, ſe ſont chargez de plus de le faire rentrer dedans le Royaume, & de le conduire en triomphe à Sa Majeſté, luy faiſant entendre que ſon authorité eſtoit bleſſée en chaſſant le Deſtructeur de ſon Eſtat, & qu'il ne pouuoit la reparer ny reſtablir, qu'en faiſant loger dedans ſon Louure, & auprés de ſa Perſonne ſacrée, celuy qui en a eſté banny par les formes de la Iuſtice, & qu'il ne peut plus rappeler ny conſeruer, qu'en violant la foy publique, & meſpriſant ſon Caractere, & ſa propre authorité.

Et ce qui eſt de plus honteux, & de plus déplorable dedans ce retour & ce reſtabliſſement funeſte & deteſtable, eſt qu'il s'eſt trouué vingt-quatre Eueſques, ou pluſtoſt vingt-quatre aboyeurs de Benefices, qui dérogeans à leur dignité, & fleſchiſſans le genoüil deuant l'Idole qu'ils reuerent & qu'ils adorent, ont eu aſſez d'effronterie & trop d'impudence, pour dire à Sa Majeſté dedans la Harangue que l'Archeueſque de Roüen diſoit faire au nom

du Clergé du Royaume, en prefence du Cardinal Mazarin,
qui leur a promis des Abbayes pour mentir de la forte;
Que des bouches infernales ont prononcé des Arrefts
iniuftes & par attentat contre fon Eminence, d'autant que
le Parlement qui les a donnez n'a point de jurifdiction fur
la pourpre Romaine; & que mettant fa tefte à cinquante
mille efcus, il auoit tefmoigné le peu de Religion qu'il
auoit, & le mefpris qu'il faifoit de fa perfonne & de l'innocence du Fils de Dieu, qui tout diuin & tout pur qu'il
eftoit, n'a efté vendu que trente deniers; Neantmoins que
Dieu qui eft le conferuateur des affligez, voulant maintenir & proteger ce grand Prince de l'Eglife, & ce Ministre
incomparable, luy auoit imprimé vn certain caractère fur
le front, qui le rendoit venerable à fes propres ennemis, &
faifoit tomber les armes des mains de ceux qui auoient
l'enuie d'executer l'iniuftice & la violence de cét Arreft.
*Genef. cap. 4 Pofuit Deus fignum in illo, vt non interficeret eum omnis qui*
*verf. 14. 15.* *inueniffet eum;* Et cette marque, Sire, (difoit ce paranim-
pheur Mazarin) n'eft autre chofe que l'authorité & la protection de voftre Majefté, qui condamne les Iuges de cét
illuftre Innocent, & qui caffe leurs Arrefts, comme donnez
par attentat, fans pouuoir, fans juftice, & fans fondement
quelconque, &c.

Auant que de venir à la Religion & à l'equité de toutes
les procedures du Parlement, il faut que ie face quelques

reflexions fur les fragments de cette rare Harangue, atten-
dant que Monfieur le Procureur General l'ait toute entiere,
pour la faire examiner les Chambres affemblées, & la con-
damner comme injurieuse, temeraire & fcandaleufe, tant
contre l'authorité du Roy, que celle de fes Iuges & de fes
premiers Magiftrats; & fon Autheur & tous fes complices
à faire amende honorable, & le refte.

Cependant mondit fieur le Procureur General qui eft
chargé de la Police de tout le Royaume, & qui eft respon-
sable deuant Dieu & deuant les hommes, des desordres
qui fe commettent dedans l'Eglise, & dedans les mœurs
de fes Prelats, ne fouffrira pas fans doute qu'il luy foit
reproché d'auoir fceu, que fur la fin d'vn Carefme ils fe
foient trouuez vingt-quatre Euesques à la Cour à la fuite
du Mazarin proscript, fans faire informer contre eux, &
faire faifir leur temporel, puis qu'ils font obligez de droit
diuin, de refider dedans leurs Diocefes, & qu'il eft de
mauuais exemple à vn Roy Tres-Chreftien, de voir tant
d'Euefques à fa Cour, & dedans un temps qui leur com-
mande d'aller inftruire leurs Diocefains, & les preparer à
vne bonne & fainte Communion, afin de deftourner le
fleau de Dieu de deffus cét Eftat, qui porte la peine &
l'iniquité de ces Pafteurs peu Religieux, & peu zelez au
falut des ames dont ils font fi eftroitement chargez Quantité de gens de bien s'eftonnans pourquoy il ne donne pas

fa Requefte pour cela, & contre ceux qui font icy en trop
grand nombre à Paris, à la honte de l'Eglife, au fcandale
de la Religion, & au détriment des oüailles qui leur font
commises, & qu'ils negligent fi fort.

De dire que le Parlement a plus eftimé la perfonne du
Mazarin en mettant fa tefte à cinquante mille efcus, que
celle de IESUS-CHRIST qui n'a efté vendüe que trente
deniers; Outre que cette comparaifon eft impie & dange-
reufe, elle eft auffi impertinente & ridicule, parce que le
Fils de Dieu n'a point efté vendu comme coupable ny
comme mefchant, mais feulement trahi par Iudas, l'vn de
fes Apoftres, qui par vne auarice fordide & damnable,
promit aux Iuifs de leur enfeigner où eftoit IESUS de Na-
zareth qu'ils ne connoissoient point, & de leur liurer entre
les mains, moyennant trente deniers qu'ils luy donnerent
pour recompenfe & reconnoiffance; Où au contraire, le
Parlement n'a condamné le Mazarin que comme vn coupable obftiné & rebelle, & vn criminel de notorieté publique, dont mille vies ne fuffiroient pas, s'il en auoit
autant, pour expier les malheurs, les ruines, les abomi-
nations, les defordres, & les brigandages qu'il a commis;
ne profitant rien ny de fes defpoüilles, ny de la recom-
pence qu'il ordonne à celuy qui guerira le public d'vne
pefte qui ne peut que luy caufer la mort fi elle regne, & fi
elle fubfifte encore dauantage.

D'adjoufter que Dieu a mis fon figne & fa marque fur ce precieux Mazarin, tout ce difcours eft captieux, tant en fon fens, comme en fes paroles; parce qu'on dit auffi bien des reprouuez, comme des efleus, que Dieu a mis fa marque fur eux; & que cette marque fe prend auffi bien pour peine, que pour recompenfe. De plus, d'alleguer ce que Dieu dit à Cain, apres qu'il eut tué fon frere Abel, c'eft faire le procés de bonne grace à Meffire Iules, qui ayant efgorgé mille et mille de fes frères, ne peut attendre qu'vne punition plus grande et plus rigoureufe, que le banniffement dont il n'eft pas content. Et fi l'Efcriture fainte porte que Dieu, *Pofuit fignum in Cain, vt non inter-* *ficeret eum omnis qui inueniffet eum;* elle adioufte auffi incontinent apres, qu'il garda fon ban; *Egreffusque Cain à facie Domini habitavit profugus in terra ad Orientalem pla-gam Eden;* que ce Cardinal où le nom & l'action de Cain fe trouue, en faffe de mefme, qu'il aille faire fa charge dedans la Cour de Rome, qu'il craigne auffi peu la Iuftice du Pape, que celle du Parlement, & la France ne luy fera pas vne petite grace de le renuoyer fain & fauf d'où il eft venu, chargé de nos defpoüilles & de nos threfors, fans le recher-cher dauantage, comme il le meriteroit bien.

Venons au poinct fondamental de cette fuperbe Ha-rangue, & voyons fi on perfuadera auffi facilement aux bons François, qu'à vn Roy de treize ans et fix mois, Que

*Genef. cap. 4.*
*verf. 11. ad*
*16.*

B

le Parlement n'a point de Iurifdiction fur la pourpre Romaine, ny fur les Euesques qui la deffendent auec tant d'impofture, & tant d'ignorance.

Tous les hommes qui ont veu le commencement & le progrès de cette Monarchie font tefmoins irreprochables, que le nom d'Ecclefiaftique n'a iamais effacé celuy de fujet, & que pour eftre dedans vn eftat plus noble & plus parfait, on ne renonce point à la fociété ciuile pour cela, n'y ayant rien de plus certain que les gens d'Eglife de quelque condition & qualité qu'ils foient, font foufmis aux Loix du Souuerain, & que faifans vne partie de la Republique, ils ne peuuent pas fe difpenser de la Police et du Gouuernement qui regle et qui modere le tout. C'eft le fentiment du plus fçauant de tous ces Euesques, quand il dit que, *Quamuis non poffit sine offenfionis periculo tractari, an cenfura clericorum legibus & iudiciis principum fubiaceat; quia, aut de Titio mouetur queftio fub ea ratione qua clericus eft, aut fub ea qua inter ciues recenfetur; Verum tamen eft, quod clerici qua ciues funt, & non tantum qua clerici fpectantur in republica, legibus principum tenentur;* qui est vne maxime auffi vieille & auffi inuiolable en France, que la Monarchie & la Souueraineté de nos Rois.

Le Roy Theodoric nous a laiffé vne belle Ordonnance fur ce fujet quand il dit que, *Si talis culpa eft, vt Epifcopus deponatur, aut exilietur, de homicido, de fornicatione, de*

De Marca, Euefque de Couferans, De Concordia Sacerdotij & Imperij, lib. 7. c. 7.

Legib. Baiuuarior. tit. 1, cap. 11. § 1 & 4.

*confenfu hoftili, fi infra prouinciam inimicos inuitauerit, &*
*eos perdere voluerit quos faluare debuerat, pro iftis culpis*
*damnetur apud Regem;* C'eft à dire, aupres des Magiftrats
qui ont l'authorité Souueraine en main, & qui rendent la
Iuftice au nom de fa Majefté dedans fon mefme Throfne,
& dans fon lict de Iuftice.

Le Concile de Tolete approuue cette Police et ce regle-  *Concil. Tole-*
ment quand il dit; *Eos Epifcopos effe in poteftate Regis, qui*  *tan. 12. can,*
*pecaffe illi nofcuntur.*  *3.*

Cette doctrine eft tirée du droit diuin, & authorifée des
paroles, & de l'exemple de Saint Paul, qui eftant condamné par le Gouuerneur Feftus, en appella directement
à l'Empereur, & non pas à Saint Pierre ny aux autres
Apoftres; *Cæfarem appello; tunc Feftus cum Concilio locutus,*  *Acta Apoft.*
*refpondit; Cæfarem appellafti, ad Cæfarem ibis.* Voyez Euef-  *cap. 25. v. 11*
ques de France, fi vous eftes plus efclairez, plus innocens,  *& 12.*
& plus priuilegiez que ce Vafe d'élection, & ce miroir de
ce que vous deuez eftre, & de ce que vous deuez faire.

C'eft pourquoy Athanafe Euesque d'Alexandrie eftant  *Ruffin.*
accufé par Eufebe de Theoguin, d'auoir leué vn Tribut  *Theodoret.*
d'habillemens de lin fur les Eglifes d'Egypte, & fecouru  *Socrate &*
d'argent Philumenus, qu'on difoit faire entreprife & ma-  *Nicephore en*
chination fecrete contre Conftantin le Grand Empereur;  *leurs Hift.*
Ces accufations furent traitées en Cour Laïque, fans que  *Ecclefiaft.*
les accufateurs ny l'accufé demandent autre Iuge que

l'Empereur.

Les Ordonnances de nos Roys y font conformes, &
reglent entierement ce different qui ne peut plus eftre
reuoqué en doute que par des mauuais François, ou par
des gens d'Eglise qui haiffent les Iuges, à caufe qu'ils les
puniffent; puis qu'apres vn priuilege particulier, il eft
accordé aux Ecclefiaftiques accufez de crime de fe faire
iuger dans la grand'-Chambre, comme les Ducs et Pairs
du Royaume; Enfuite dequoy il eft auffi ordonné, que les
Iuges & Officiers Royaux inftruiront & iugeront en tous cas
les delits priuilegiez contre les perfonnes Ecclefiaftiques,
auparauant que de faire aucun delaiffement ou renuoy
d'icelles perfonnes à leur Iuge d'Eglise pour le delit commun, lequel delaiffement fera fait à la charge de tenir pri-
son pour la peine du delit priuilegié, où elle n'auroit efté
fatisfaite; Ce font les termes formels de l'Ordonnance de
Moulins, art. 38. 39. confirmée de rechef par l'Edict d'Am-
boife, art. 11. fuiuant ce qui en auoit efté auparauant
decidé par François I. en l'Ordonnance de l'an 1539.
art. 4. & par Charles IX. dans celle de Rouffillon, art. 21.

## CARDINAVX
### aufquels on a fait le procés.

CEtte maxime eftablie & pofée, faifons voir fa pratique, fon obferuation inuiolable, & que le Cardinal Mazarin n'eft pas le premier à qui nos Rois ont fait faire le procés par des Iuges Laics, puis que tous nos Hiftoriens affirment, que Iean de Baluë, homme de petite naiffance, venant à gouuerner toute la France, fut fait Cardinal fous le tiltre de Sainte Suzanne, & s'oublia tellement de la fidélité qu'il deuoit à fon Prince, & à l'autheur de fa bonne fortune, qui eftoit Louis XI. qu'il fe laiffa gagner par le Duc de Bourgogne, auquel il confeilla traiftreufement de prendre les armes contre Sa Majefté, voyant qu'il n'auoit fceu empefcher que le Roy donna le Duché de Guyenne à Charles fon frere, au lieu des terres & Seigneuries de Brie & de Champagne.

*Philippes de Commines, liu. 2. cha. 15. Paul-Emile, liu. 10. en Louis XI. Monftrelet, en fes Chroniq. vol. 3. és addit. ann. 1469. Belle-foreft, Annal. de France, liu. 5. chap. 130 & 147. Iacob. Cardin. Papienf. Commentar. lib. 7. Bzouius, annal. tom. 17, ann. 1470. num. 4. Sponde, annal. tom. 2. ann. 1469. num. 2.*

Louis defcouurant toutes ces trahifons, et interceptant les lettres & les memoires que ce Cardinal fon principal Miniftre efcriuoit au Duc de Bourgogne fon ennemy capital, il le fit arrefter & conduire prifonnier au Chafteau de Montbazon en Touraine par fieur de Torcy, & Iean d'Eftoute-ville. Preuoft de Paris, & grand Maiftre des Arbaleftriers de France. Guillaume de Haraucourt Euesque de Verdun, & chef du Confeil de Iean de Calabre Duc de Lorraine, fut

pris en mefme temps & mené dedans la Baftille, comme
complice & fauteur de cette trahison, où il demeura plus
de quinze ans, pour apprendre à viure en repos, & feruir
fon Roy fidellement.

Ces deux traiftres ainfi logez en lieux d'affeurance, le
Roy confiderant le danger auquel ces perfides l'auoient
mis, & fçachant que tous leurs deffeins ne tendoient qu'à
le faire mourir, pour donner la Couronne à fon frere, il
fut arrefté dans le Confeil de Sa Majefté, que fans auoir
efgard au rang ny au Caractere de Baluë, il falloit luy faire
fon procés comme criminel de leze-Majefté, fauf à voir
qu'elle en feroit l'iffuë, le droit de capture et d'emprifonnement ne pouuant eftre differé, puis que la Royauté eftoit
la meilleure & principale partie de la Republique; & que
ce Cardinal eftoit arrefté, non pas comme Miniftre d'Eglife,
mais comme vn fubjet & vn Confeiller du Roy qui auoit
offencé le public, & tafché de ruiner fon Prince & fa
Patrie; cependant qu'il en feroit donné aduis au Pape, &
au Confiftoire des Cardinaux.

Belle-foreft remarque, qu'il y eut des hommes confcien-
cieux qui mirent en auant, qu'il n'eftoit pas permis au
Magiftrat temporel de connoiftre de la caufe d'vn Ecclefiaftique, encore moins de l'arrefter, allegans plufieurs
exemples tant anciens que modernes, & entr'-autres, le
fcandale arriué fous Philippes le Bel, pour l'emprifonne-

ment de l'Euefques de Pamiers, & qu'en tout cas il falloit
en aduertir le Pape, auant que de paffer outre à la procedure.

Mais ceux qui deffendoient les droits du Royaume ref-
pondirent, qu'il n'y auoit aucune Loy qui empefchaft que
le Roy Souuerain dedans fes Eftats, n'ait puiffance & authorité fur toutes fortes de fubjets, fans que le Pape y
puiffe rien pretendre pour ce qui eft de la Iurifdiction
temporelle; Que Baluë n'eftoit pas prifonnier pour vn fait
de Religion, ny pour auoir deffendu la liberté des Eglifes
qu'il auoit tafché de ruiner, ny pour chofe quelconque qui
regardaft fon Caractère & fa dignité : mais feulement pour
eftre atteint & conuaincu de trahifon & de felonie enuers
fon prince & fon bien-faicteur; caufe pourquoy il eftoit
loifible au Roy de luy faire faire fon procés, Veu mefme
que les anciens Euesques de France, lors que l'Eglise eftoit
plus reformée en fes Miniftres, ne trouuerent iamais
mauuais que les Rois connuffent des vices de leurs Confreres, comme eftans membres de la Republique, & particulierement quand il s'agiffoit d'vn crime de leze-Majefté,
& de la conferuation de l'Eftat. Qu'il eft bien vray que les
Euefques du temps que Fredegonde pourfuiuoit Pretextat
Archeuefque de Roüen, fouftindrent fa caufe et fes inte-
refts; mais qu'entendans par fa propre bouche qu'il auoit
confpiré contre Sa Majefté, ils n'oferent plus le repeter ny

s'oppofer à fon emprifonnement, ains au contraire le defaduoüerent, & l'abandonnerent à la Iuftice Seculiere, l'Eglife ne pouuant reconnoiftre un monftre fi perfide, & fi remply d'ingratitude.

Toutes ces chofes ainfi debattuës, il fut enfin arrefté que le procés criminel feroit fait à ce Cardinal, & pour y trauailler inceffamment, le Roy nomma pour Commiffaires Tanneguy du Chaftel, Gouuerneur de Rouffillon & de Cerdaigne pour Sa Majefté, auec Meffire Pierre Doriolle General des Finances, & qui depuis fut Chancelier de France, Meffire Iean d'Eftoute-ville Seigneur de Torcy, & Grand-maiftre des Arbaleftriers de France, & Meffire Guillaume Coufinot, lesquels informerent & trauaillerent à l'interrogatoire de ce criminel, qui nonobftant fes füites & fes fubtilitez, fut atteint & conuaincu de toutes les chofes dont il eftoit accufé, & condamné à vne prifon perpetuelle; Le Roy fe faififfant de tout fon or & fon argent, tant monnoyé qu'en lingot ou en vaiffelle; Ses tapifferies furent données au fufdit fieur du Chaftel, & le Seigneur Doriolle eut fa Bibliotheque; Meffire Louis de Cruffol Senefchal de Poiétou eut plufieurs peaux precieufes, & quelques pieces d'efcarlate & de drap d'or pour fa part; le refte des meubles eftant vendus pour payer les frais de Iuftice.

Il y auoit defia quatorze ans que ce miferable Cardinal eftoit en prifon fans que le Roy le voulut eflargir, quelque

inſtance que le Pape luy en fiſt ſouuent, diſant qu'il n'eſtoit pas arreſté en qualité de Cardinal ny d'Eueſque, mais
comme vn ſujet & vn Officier de Sa Majeſté, contre
laquelle ayant attenté, la raiſon vóuloit qu'il en fiſt peni-
tence; Qu'il lui faiſoit beaucoup de grace de ne le pas
faire mourir, ne l'ayant que trop merité, le traittant en
cela plus doucement, que n'auoient fait pluſieurs Papes
quantité de Cardinaux leurs Confreres, leſquels ils auoient
condamnez à des morts honteuſes & cruelles, pour des
crimes beaucoup moindres que ceux qui faiſoient tenir
Baluë en priſon. Neantmoins le Pape ayant vn Legat en
France pour perſuader au Roy de faire la guerre au Turc,
il fit en meſme-temps ſolliciter la liberté de ce Cardinal,
laquelle Louis differa tant qu'il fuſt guari d'vne maladie qui
le tenoit allitté, apres quoy il le fit ſortir de priſon ſans le
vouloir voir; Cauſe pourquoy il ſe retira à Rome, où il
fut le bien-venu, & fort careſſé du Pape, de quoy le Roy
fut tres-mal content & ſatisfait.

Le Iuriſconſulte Politique Hotman racontant cette pro- *Hotman, des*
cedure dit, que deux Conſeillers du Parlement de Paris *Libertez de
l'Egliſe Gal-*
furent enuoyez à Rome, pour faire connoiſtre au Pape le *licane.*
droit que le Roy auoit de faire & parfaire ce procés, pour
les cas priuilegiez concernans le Royaume, ſans diſtinction
de perſonne, fut-elle du Corps de l'Egliſe de Rome.

L'on void par cette procédure qui a beaucoup de rapport

C

auec celle du Mazarin, que pour eftre Cardinal on n'eft pas l'homme du Pape pour cela, mais du Souuerain, dans l'Eftat duquel on demeure, fans que perfonne puiffe reuoquer cette doctrine en doute; autrement le Saint Pere faifant Cardinaux tous les Miniftres des Eftats, feroit maiftre & fouuerain Seigneur de tout le monde, fçauroit les fecrets de toutes les Monarchies, & difposeroit de toutes choses comme il luy plairoit, qui seroit la ruine totale des Puiffances temporelles.

*Dupleix, hiftoire de France, to. 4. en la vie de Henry III.* Henry III. apres auoir fait tuer le Cardinal de Guife, qui auec fon frere troubloit fon Eftat, fit auffi arrefter entre plufieurs autres Princes & grands Seigneurs, le Cardinal de Bourbon & l'Archeuefque de Lion; Le Pape Sixte V. homme violent & feuere au poffible, eftant aduerti de cette capture, lafcha vn Monitoire en l'an 1589. pour l'exhorter de mettre en liberté ces deux Prelats fans connoiffance de caufe, & de lui enuoyer pour les iuger; A quoy le Confeil s'oppofa, fouftenant qu'en crime de leze Majefté, les Ecclefiaftiques, en quelques dignitez qu'ils foient, perdent leurs immunitez & priuileges.

*Dupleix, ibidem, en Henry IV.* Le Parlement de Paris ordonna prife de corps contre le Cardinal Cajetan legat du Pape, en l'an 1590.

Le Cardinal Sega Euefque de Plaifance, eftant enuoyé par le Pape Clement VIII. pour affifter aux Eftats Generaux de la Ligue; Le Parlement qui eftoit à Chaalons ordonna par fon Arreft du 18. Nouembre 1592. que ce Cardinal feroit affigné pour deffendre fur l'appel du Procureur General du Roy, &c. Toute cette procedure confiderable eft rapportée au long dedans; *Decreta Ecclef. Gall. lib. 5. tit. 3 cap. 3. & 4.*

En l'an 1408. le Roy Charles VI. fit faire le procés à l'Anti-Pape Benoift, & aux Nonces par luy enuoyez, pour auoir ofé mettre fon Royaume en interdit; *Ecclef. Gall. in Schifm. flatu, fol.* 18. Belle-foreft Annal. de France liu. 5. chap. 71. 72.

Par Arreft du Parlement de Paris du 16. Fevrier 1595. le Cardinal de Pelué Archeuefque de Sens, fut déclaré rebelle au Roy, & fes Benefices impetrables & vacans.

*Du Peyrat, antiquit. de la Chapelle du Roy, liu. 2. chap. 63.*

En l'an 1612. le Cardinal du Perron Archeuefque de Sens, l'Euefque de Paris, & quelques autres Suffragans de ce mefme Metropolitain, ayans cenfuré le liure que le fieur Richer Docteur & Sindic de la Sorbonne auoit compofé, fous le tiltre *De Ecclefiaftica & Politica poteftate;* lequel s'eftant porté pour appellant de cette Cenfure, par Arreft du Confeil la connoiffance en fut renuoyée au Parlement de Paris, auec Commiffion pour intimer en leurs propres & priuez noms le Cardinal du Perron, & les autres Euesques qui auoient faite ladite Censure, pour la fouftenir & deffendre, & voir declarer le tout nul & abufif, comme il fut.

*Libertez de l'Eglise Gallicane, tom. 2 fol. 185.* Le Parlement de Bourdeaux decerna vn decret de prise de corps en l'an 1615. contre le Cardinal de Sourdy Archeuefque dudit Bourdeaux, & autres à luy affociez, pour vn meurtre, & pour auoir forcé les prifons de la Ville, qui n'eft qu'vn crime pur perfonnel.

Monfieur Seruin, cét incomparable et genereux Aduocat General, en fon plaidoyer contre les prouifions de Benefices données par les Cardinaux Cajetan & de Plaifance, foy difans Legats en France, remarque en fousftenant noftre doctrine, que Charlemagne qui eftoit le Protecteur du Saint Siege, & le Fondateur des Eglifes, fit emprifonner Anaftafe Legat du Pape Adrian, pour luy auoir feulement porté quelques paroles qui ne luy plaifoient point.

Et ce qui eft encore plus remarquable eft, que le Pape Leon III. eftant accufé de plufieurs crimes par fes ennemis & fes mal-veillans, ce grand Empereur & ce faint Roy de France vint à Rome en l'an 801. pour s'informer de la verité, & entendre les accufations que l'on faifoit contre le Souuerain Pontife; Enfuite dequoy Platine dit que, *Octauo die poftquam Carolus Vrbem ingreffus fuit, in Bafilica Petri, aftante populo & Clero, Epifcoporum omnium qui eo ex tota Italia & Francia conuenerant, fententias de vita & moribus Pontificis rogat;* qui eft tout ce que peut faire vn Iuge Souuerain. *Platin. in Leo. III. Baron. annal. tom 9.*

*ann. 800. Concil. Gall. tom. 2. fol. 228. Nicol. Gille annal.*
*ann. 799.* Paul-Emile liu. 3. en la vie de Charlemagne.
Fauchet des Antiq. Françoifes, liu. 7. chap. 8.

---

# ARCHEVESQVES
## *aufquels on a fait le procès.*

CHaribert, ou Aribert Roy de France, en l'an 559. fait
le procés à Leonce Archeuefque de Bourdeaux, & aux
Euefques fes Suffragans & complices, pour auoir de leur
authorité priuée depoffedé Emery ou Emelie, de l'Euefché
de Xainctes, dont il auoit efté pouruou par le Roy Clotaire 1. fon pere. Toute cette procedure fe void au long
dedans Gregoire de Tours, hift. lib. 4. cap. 26. Baron
annal. tom. 7. ann. 566. Dans les Conciles de France,
tom. 1. fol. 319. ann. 563. & dans Goldafte, Conftitut.
Imperial. tom. 1. fol. 11. ann. 566.

Le Roy Gontran en l'an 575 fait faire le procés criminel
à Salonie Archeuefque d'Embrun, & Sagittaire Euefque de
Gap, accufés de crime de leze-Majefté, & d'auoir battu
Victor Euefque de Troyes, & commis plufieurs autres
infolences articulées & fpécifiées par Gregoire de Tours,
hift. lib. 5. cap. 20. 27. & 28. Baron. annal. tom. 7.
ann. 582. Fauchet, Antiquitez Françoifes, liu. 3. chap. 15.

& 19. Concil. general. tome 4. ann. 582. fol. 483. Concil. Gall. tom. 1. anno 579. fol. 367.

Clotaire II. en l'an 594. fait faire le procés criminel à Gilles Archeuefque de Reims, lequel eftant atteint & conuaincu de trahifon & de felonie, fut abandonné par les autres Euefques à la Iuftice Seculiere, qui le bannit à perpetuité, fes biens acquis & confifquez, & fon Archeuesché donné à Romulfe Preftre fils du Duc Loup, fe retirant à Strafbourg où il finit le refte de fes iours, comme il fe void plus amplement dedans Gregoire de Tours, hift. lib. 10. cap. 19. 20. Belle-foreft annal. de France, liu. 1. chap. 26. Fauchet antiq. Franc. liu. 4. chap. 22. Concil. general. tom. 4. fol. 528. Concil. Galliæ, tom. 1. fol. 407.

*Libertez de l'Eglife Gallicane, tome 2. fol 173.* Genebrard Archeuefque d'Aix en Prouence, eftant accufé d'auoir empefché la Nobleffe & le Clergé de reconnoiftre le Roy Henry IV. pour leur vray & fouuerain Seigneur; & d'auoir compofé vn liure intitulé; *De Sacrarum Electionum iure & neceffitate, ad Ecclefiæ Gallicanæ reintegrationem;* contre Sa Majefté, & les Rois fes predeceffeurs; Le Roy commanda au Parlement de Prouuence de luy faire & parfaire fon procés, fans s'arrefter à aucuns empefchemens; de forte que par Arreft du 26. Ianuier 1596. il fut declaré atteint & conuaincu du cas de crime de leze-Majefté à luy impofé, pour reparation duquel il fut banny à perpetuité du Royaume de France, auec inhibition & deffence d'y venir, hanter ny frequenter à peine de la hart, fes biens acquis & confifquez au Roy; Ordonne que le liure intitulé, *De Sacrarum Electionum iure;* fourny & produit au procés, fera bruflé par l'executeur de haute Iuftice, &c. Cét Arreft eft rapporté tout entier dedans les preuues des Libertez de l'Eglife Gallilicane, au lieu fus allegué en marge.

Dedans la Remonftrance que Monfieur Godeau Euesque de Grace fit au Roy, & à la Reine Regente, le 7. Aouft 1651. au nom du Clergé de France, il fe plaint à Sa Majefté contre ces preiugez, que le Parlement de Thouloufe a donné Arreft de prife contre l'Archeuefque de Narbonne, & vn adjournement personnel à l'Euefque d'Alby; ordonnant que ledit Archeuefque feroit conduit dans les prifons Royales, & s'il ne pouuoit eftre faify, qu'il feroit crié à trois briefs iours.

## EVESQVES

*aufquels on a fait le procés.*

CHilperic I. du nom fait faire le procés à Chartier Euefque de Perigueux, pour auoir·efcrit contre luy, comme tefmoigne Fauchet en fes Antiquit. Franc. liu. 4. chap. 2.

Clotaire II. fit faire le procés en l'an 619. à Leudemon
Euefque de Sion, accufé d'auoir confpiré contre Sa Ma-
jefté; Paul-Emile liu. 1. en Clotaire II. & Fauchet en fes
Antiq. Franc. liu. 5. chap. 5.

Charles le Chauue fait faire le procés criminel à Hincmar Euefque de Laon, accufé d'auoir confpiré contre Sa
Majefté, & de s'eftre fouftrait de l'obeïffance de l'Archeuefque de Rheims fon Metropolitain; Cette procedure qui
fit grand bruit entre le Pape & le Roy, fe peut voir auec
toutes fes circonftances, dedans Hincmar Archeuefque de
Rheims, tom. 2. *Opufcul. & Epiftolar. lit. 42. Flodoard.
hift. Remenf. ann.* 870. *lib.* 3. *cap.* 1. *Baron. annal. tom.* 10.
*ann.* 870. Concil. General. tom. 6. fol. 1060 Concil.
Galliæ tom. 3. fol. 374. Fauchet des Antiq. Franc. liu. 10.
chap. 2. & 12. Duchefne en la vie d'Hadrian II. Belle-
foreft annal. de Franc. liu. 2. chap. 60.

Louis le Gros faifant faire le procés à Eftienne Euefque
de Paris, pour le peu de fidelité qu'il tefmoignoit à fon
feruice; l'Archeuefque de Sens le voulant proteger en
qualité de fon Metropolitain, fut également chaftié de fa
temerité, & de fon peu de prudence. Ces deux Prelats
irrités & mal contens, fe roidiffans contre leur Souuerain,
& cherchans les moyens de fe venger de la Iuftice de fes
pourfuites l'excommunierent, dequoy Sa Majefté s'eftant
pleint au Pape Honoré II. il caffa & annula leur cenfure,

comme donnée par des Iuges paffionnez, & fans pouuoir contre leur Roy; Dupleix hift. de France tom. 2. en la vie de Louis VI. dit le Gros.

Pierre de la Breche grand Chambellan de France, Surintendant des Finances, & depuis Euefque de Bayeux, eftant conuaincu de trahifon, & de defcouurir les fecrets de l'Eftat au Roy d'Efpagne, & mefme d'auoir contribué à la mort du Prince Louis fils aifné de Philippe III. laquelle il voulut reietter fur la Reine Marie, fut condamné par Arreft d'eftre pendu & eftranglé au gibet de Paris; Bzouius annal. tom. 13. ann. 1278. num. 21. Aubert, hiftoire des Rois de France, en Philippe III.

En l'an 1486. le Roy Charles VIII. fit faire le procés criminel aux Euefques de Perigueux & de Montauban, accusez de leze-Majefté, & ce par des Commiffaires du Parlement de Paris; Sponde annal. tom. 2. ann. 1489. num. 6. Dupleix hift. de France, en Charles VIII.

Guillaume Rofe Euefque de Senlis, qui auoit efté vne des plus efclatantes trompettes de la Ligue, ne pouuant moderer fa paffion, quoy que Henry IV luy eut pardonné tout le paffé, fut condamné par Arreft du Parlement de Paris, du 5 Septembre 1598. à faire amende honorable dedans la Grand'-Chambre; où s'eftant prefenté auec le Rochet & le Camail, il fut admonefté par les Gens du Roy, qui auoient du refpect à ces ornemens Pontificaux de les

D

laiffer, mais s'eftant opiniaftré au contraire, il executa l'Arreft en cét habit, & Pontificalement comme il le defiroit. Dupleix hift. de France, en Henry IV.

# ABBEZ, MOINES, ET AVTRES
## PRESTRES,
### aufquels on a fait le procés.

CHilperic I. fit faire le procés criminel à des Abbés, & autres Preftres du Limoufin, accufez de fedition; Fauchet des Antiquit. Franc. liu. 3. chap. 19.

Sous Charles IV. dit le Bel, en l'an 1323. le Parlement de Paris fit le procés criminel à l'Abbé de Sercelles accufé de Magie, auec quelques fiens Religieux; comme il fe void plus amplement dedans les grandes Annales de Belleforeft, liu. 4. cha. 56.

En l'an 1648. le Parlement de Paris fit le procés criminel à l'Abbé de Croifilles Preftre, accufé d'eftre marié; Son Apologie contient toute cette hiftoire funefte & tragique auec la procedure.

*Iuuenal des Vrfins en la vie de Charles VI. ann. 1398. Belle-foreft Annal. de* — Iuuenal des Vrfins raconte, que comme l'on cherchoit de toutes parts quelque Medecin expert pour guerir le Roy Charles VI. qui eftoit malade en l'an 1397. Deux Moines Auguftins fe prefenterent pour l'entreprendre en qualité d'excellens Medecins; mais au lieu de le foulager, ayans *France, liu.* 5 *chap.* 67. penfé le faire mourir, le Duc de Bourgogne les fit prendre *Sponde, an-* comme deux charlatans, & les enuoya aux Iuges Royaux, *nal. t. 2. ann.* *1397. num.* 1. qui les condamnerent à eftre pendus & eftranglez, après que l'Euesque de Paris les eut degradez publiquement.

Maiftre Nicole d'Orgemont, dit le Boiteux, Chanoine *Iuuenal des* de Paris, & Maiftre en la Chambre des Comptes, eftant *Vrfins, hift.* *de Charles* chef d'vne fedition qui fe deuait faire en l'an 1416. pour *VI. ann.* 1416 tuer le Roy de Sicile, le Duc de Berry, & tous ceux que l'on foupçonnait eftre du party du Duc d'Orleans, fut pris & arrefté prifonnier; & apres que le Chapitre luy eut fait fon procés pour le delit commun; Les Iuges Royaux le condamnerent à cent mille liures d'amende pour le cas priuilegié, & tous fes biens acquis & confifquez au Roy, fans que le Chapitre en eut chofe aucune, eftant le plus riche Ecclefiaftique du Royaume fans Prelature, ayant des meubles pour quatre-vingts mille efcus, outre feize mille vieux efcus qu'on trouua dans vn tas d'aueine fur fes greniers.

La Reine Louife, veufue du feu Roy Henri III. deman- *Dupleix hift.* *de France, to.* dant juftice à Henry IV. en l'an 1590. du parricide com- *4 en la vie de* mis en la perfonne du Roy fon mary; Sa Majefté inclinant *Henry IV.* tres-volontiers à fes prieres, renuoya la connoiffance de ce crime à fon Parlement feant à Tours, auec commande- ment tres exprés de vacquer à cét affaire inceffamment,

toutes autres occupations ceffantes. La procedure com-
mença par la punition d'Edmond Bourgoin, Prieur des
Iacobins de Paris, lequel auoit efté fait prifonnier à l'affaut
des Faux-bourgs de Paris, où il eftoit armé comme vn
foldat. Il fut de plus conuaincu d'auoir publiquement loüé
en plaine chaife Iacques Clement Moine de fon conuent,
executeur de ce parricide, & de l'auoir comparé à Iudith
qui mit à mort Holofernes deuant la ville de Bethulie ; Il
fut condamné comme fon Frere Iacques Clement à eftre
tiré à quatre cheuaux, par Arreft qui fut executé le vingt-
fixiefme Ianuier 1590.

*Dupleix, ibi.*   En l'an 1599. deux Moines Iacobins du Conuent de
Gand en Flandres, l'vn nommé Charles Ridicoui, & l'autre
Pierre Arger, ayans efté fubornés pour affaffiner Henry IV.
vindrent tous deux en France à diuerfes fois pour executer
cét execrable & malheureux deffein, mais eftans defcou-
uerts ils furent roüés tout vifs.

Tous les Regiftres du Parlement, & tous les compila-
teurs d'Arrefts rapportent vne infinité d'exemples pareils,
qui ne font que trop frequens pour l'opprobre des gens
d'Eglife, & trop veritables pour la honte du Sacerdoce.
Les preuues des Libertez de l'Eglife Gallicane, & autres
recueils touchant ces matieres cottent quantité d'Arrefts
criminels donnez contre plufieurs Docteurs de Sorbonne ;
& le Mercure Iefuifte, auec l'Hiftoire de France, font con-

noiſtre les noms & les raiſons qui ont fait pendre quelques
Ieſuiſtes, qui ſe meſlans trop auant de la Politique, qui eſt
le fondement de leurs intrigues, & la baſe de leur Inſtitu-
tion, ont eſcrit trop paſſionnément & trop temerairement
de choſes qu'ils ne ſçauoient pas, & qui ne ſont aucune-
ment conformes, ny aux Regles, ny aux Meditations d'vne
pure & veritable Religion.

Le Cardinal d'Oſſat eſcriuant de Rome, du 25. Ianuier
1595. à Monſieur de Villeroy, touchant l'aduis qu'il luy
auoit donné de la bleſſure du Roy Henry IV. par Iean
Chaſtel Eſcholier des Ieſuites, & diſciple du Pere Guignard ſon Regent, qu'on accuſoit de l'auoir inſtigué &
ſuborné pour faire ce malheureux coup; & qu'en ayant
parlé au Pape, & de la procedure que le Parlement faiſoit
contre ledit Pere Guignard, Sa Sainteté luy reſpondit,
que ſi ce Ieſuite ſe trouuoit coupable, il eſtoit raiſonnable
de le punir.

Et apres cela, voyez comme les Eueſques de France
ont raiſon de demander au Pape & au Roy l'aſſemblée
d'vn Concile National, pour aduiſer aux moyens de ſe
ſouſtraire & de s'exempter de la Iuſtice & de la juridiction
des Parlemens; Qui eſt la meſme choſe que s'ils reque-
roient de n'eſtre plus ſubiets du Roy, d'abolir les Ordonnances, de faire vne Republique à part dedans cette Monarchie, & d'abattre l'authorité Royale, qui demeureroit

fans pouuoir, fur ceux-là mefme qui n'ont ny bien ny
honneur, que celuy qu'ils tiennent de la bonté & des gra-
tifications de Sa Majefté.

Pour fe difpenfer des Loix du Royaume, il faut le
quitter, & fe déporter du droit de Bourgeoifie ; & pour ne
point eftre foufmis aux Parlemens, ny à la Iuftice de nos
Rois, il faut abandonner les biens & les Seigneuries que
l'on poffede dedans l'Eftat, & viure auec tant de vertu, &
tant d'equité auec fes Concitoyens, que le bras feculier
ne foit point obligé & contraint d'interpofer fon pouuoir &
fon authorité pour punir tant de crimes, maintenir tant
de pauures Preftres, & deffendre tant de bons Fermiers
contre les violences, l'auarice & les vexations de Meffieurs
les Euefques, qui tefmoignent affez par leur conduite &
leurs propres deportemens, que les biens de la terre leur
font plus chers & plus precieux, que les eternels & les
celeftes ; & qu'ils ayment mieux leurs dixmes, & leurs
Seigneuries en trop grand nombre, que les ames & le
falut des hommes qui leur font donnez de Dieu, pour eftre
inftruits par leurs bonnes œuvres & leurs predications,
& fecourus dedans leur pauureté des biens temporels, dont
ils ne font que difpenfateurs & vfufructiers, pour les
employer en aumofnes & en charitez.

Toute la France eftant tefmoin, & vn million de ruinez
& d'affligez crians à haute voix, que de tous les Euefques

& les riches Abbez du Royaume, il n'y en a pas vn qui
donne feulement vn tefton à ceux qu'ils voyent tous nuds,
& mourir de faim iournellement deuant leurs yeux ; ny
qui voulut porter vne bonne parole pour recommander
la juftice d'vn oppreffé, contre une puiffance tyrannique
qui le ruïne & qui le defpoüille iniuftement, comme faifoit
Saint Auguftin pour ceux de fon Diocefe. Nous voyons
de belles exhortations, & de beaux liures de ces Meffieurs
en faueur des pauures, & de l'aumofne ; & ceux mesmes
qui auancent que l'on eft obligé de la faire à ceux qui en
ont befoin, fur peine de peché mortel, font ceux-là mefme
qui n'en font aucune, & qui croyent que c'eft affez de la
prefcher fans la pratiquer. Contre le fentiment de Saint
Paul, qui dit que ; *Non in fermone eft regnum Dei, fed in
virtute ;* 1. ad Corinth. cap. 4. verf. 20.

Ne pouuant m'empefcher de dire en faueur des languif-
fans, qu'il eft honteux de voir icy des Preftres dedans
Paris qui fe difent les fucceffeurs du Pere Bernard, les
Directeurs de la Charité, & les difpenfateurs de tant d'aumofnes qu'ils attrapent de tous coftez ; lefquels neantmoins
ne donnent quoy que ce foit qu'à ceux qui n'en ont point
befoin, & que ce n'eft ny la pauureté ny la charité qui les
touche, mais la recommandation d'vn confident & d'vne
belle deuote qui les prie d'affifter & de fauorifer celui-cy
ou celle-là. C'eft pourquoy ceux qui ont à donner leur

bien, & qui veulent contribuer au foulagement des pauures, qu'ils faffent comme Monfieur le Curé de Saint-
Euftache de Paris, qui le porte luy-mefme, & le diftribue
par fes mains, fans le confier à des gens qui en recom-
penfent leurs comperes & leurs commeres, & qui en
fomentent la pareffe & l'oifiueté d'vn tas de groffes filles
qui peuuent entrer en condition, & gagner leur vie auec
plus d'honneur & plus d'innocence, qu'elles ne font point
auec des grimaces & des pratiques que ie ne veux point
defcrire quant à present. Ie dois cette reconnoiffance à la
vertu folide & veritable de Monfieur de Saint Euftache,
qui tres-affurément en donne plus tout seul que trente
Euefques, & cent Peres de la Charité enfemble; Et ce
mot d'aduertiffement à la piété des Bourgeois de Paris
pour les prier au nom de Dieu, & de ceux qu'ils fecou-
rent, d'eflargir leurs bienfaits de la forte, afin qu'ils en
ayent le merite, & la reconnoiffance en mefme temps.
Referuant de nommer dedans vn ouurage qui fera plus
confiderable, & de plus de durée, vn grand Magiftrat, &
vne Dame tres-pieufe, dont le premier, outre qu'il fait la
juftice gratis aux pauures, leur donne encore la plufpart
de fon reuenu; Comme cette vertueufe femme qui exerce
des charitez qui meritent vn liure particulier, quoy qu'elles
les veule auffi cachées qu'elles font grandes, & peu com-
munes dedans noftre Chriftianifme.

Pour donc finir ce difcours apres cette petite digreffion,
difons que ce defordre & ce defreglement vient, de ce
qu'on ne donne plus les Euefchez, ny les grands Benefices
à la vertu, mais à la faueur & aux recommandations des
plus mefchans, & des plus abominables courtifans ; C'eft
pourquoy Duaren a grand raifon de dire que les Euesques
de maintenant font tirez & choifis ; *ex fæce aulicorum ;*
eftant certain qu'on peut dire d'eux aujourd'huy qu'ils
font deuenus les balieures, & le mefpris du monde ;
*tanquam purgamenta huius mundi, omnium peripfema vsque*
*adhuc,* 1. *ad Corinth. cap.* 4. *verf.* 13. Mais non pas au
fens de Saint Paul, parce que les Apoftres dont ils fe
difent fucceffeurs indignes, n'eftoient mefprifez que par
des payens qui ne pouuoient fouffrir leur trop de vertu, &
leur trop bon exemple ; ou nos Euefques le font des gens
de bien, & des Chreftiens les plus parfaits, parce qu'ils
les voyent incapables de leur Miniftere, & qu'ils font
honte à la qualité qu'ils poffedent ; c'eft pourquoy les Parlemens les tenans dans le deuoir, leur feront bonne juftice
à l'accouftumée ; & fçauront bien empefcher leurs Mono-
poles & leurs rebellions, les chafferont de la Cour & de
Paris, en les contraignans de refider, comme ils y font
obligez de droit diuin, par faifie de leur temporel, &
feront obferuer les Loix & les Ordonnances en leur
endroit, comme des Magiftrats fur les foins & la vigilence

E

defquels fe repofe la conferuation de l'Eftat, la grandeur de nos Rois, & le foulagement des peuples & des fujets; qui feroient dedans vne oppreffion mille fois plus grande encore, que celles qu'ils fouffrent depuis tant de temps, fans les foins, la conftance, & la protection particulière de ces Peres adorables de tous les bons & veritables François.

*Non vt confundam vos hæc fcribo, fed vt filios meos chariffimos moneo*, 1. ad Corinth. cap. 4. verf. 14.

F I N.

# LETTRES
## DE MONSIEVR LE DVC
de Longueuille, & de Messieurs du Parlement de Normandie,

*Enuoyées à Messieurs du Parlement de Paris.*

Auec cinq diuers Arrests donnez & enuoyez
pour le seruice du Roy, par ladite Cour de
Normandie, sur les affaires de ce temps.

*Du mois de Feburier 1649.*

A PARIS,
Par les Imprimeurs & Libraires ordinaires
du Roy.

M. DC. XLIX.

*Auec Priuilege de sa Majesté*

## LETTRE DE MONSIEVR LE DVC
### de Longueuille, à Meſſieurs du Parlement de Paris.

ESSIEVRS,

Ie prends part à la ſatisfaction que Meſſieurs de ce Parlement ont receuë par vos dernieres. Ils ont beaucoup eſtimé vos Remonſtrances, & fait grand cas de vos Arreſts : Mais ils ſe tiennent particulierement obligez de celuy que vous auez donné pour la ſuppreſſion de leur Semeſtre, qui tenoit la Iuſtice de cette Prouince dans vne eſtrange confuſion. L'on ne peut rien adiouſter au deſir qu'ils ont de viure auec vous dans vne parfaite intelligence; Et bien que leur inclination & l'intereſt qu'ils ont au ſalut de l'Eſtat, les excite aſſez à conſeruer cette vnion, ie fais agir tous mes ſoins pour entretenir cette correſpondance, & pour auancer le ſecours que nous deſirons vous donner auec plus d'impatience, que vous n'en auez de le receuoir. Le ſeruice du Roy, le bien du Public, la gloire de rendre à voſtre Compagnie la liberté qu'elle perd pour la conſeruer à la France, & l'honneur de ſecourir tant de Perſonnes Illuſtres, & tant de gens de bien

affiegez dans Paris, font d'affez puiffans motifs pour m'em-
pescher de perdre un feul moment de temps que ie dois à
cette genereufe entreprife. l'efpére auffi que vous con-
noiftrez bien toft auec quelle diligence nous nous em-
ployons à preparer toutes les chofes neceffaires pour
noftre deffein, dans lequel ie chercheray les moyens de
vous tefmoigner que ie suis,

MESSIEVRS,

Voftre tres-humble & tres-affeétionné feruiteur,

HENRY D'ORLEANS.

A Roüen ce 25. Feb. 1649.

**\*\*\*\*\*\*\*\*\*\*\*\*\*\*\*\*\*\*\*\*\*\*\*\*\*\*\*\*\*\*\*\*\*\*\*\*\***

## LETTRE DE MESSIEVRS DE LA
### Cour de Parlement de Normandie, à Meffieurs de la Cour de Parlement de Paris.

MESSIEVRS,

Voftre derniere depefche nous a fait voir la continuation
de voftre fidelité par vos Remonftrances, de voftre genero-
fité par vos Arrefts, de voftre correfpondance par vos
Lettres. Nous auons donné ces Actes au Public, afin que
toute la France ayant reconnu vos Submiffions, voftre

Iuftice et vos Raifons, fe difpofe à fuiure vos Iugemens, &
à fe ioindre auec nous, pour f'oppofer à l'iniufte oppreffion
d'vne Compagnie dont toute l'Europe a fouuent confulté
les Oracles. Nous prenons part à vos plaintes, & nous y
pouuons adioufter le miferable eftat de ce Parlement, que
l'on auoit rigoureufement defchiré, fans aucun crime, que
d'vue obeïffance aueugle. Les defordres de cette Prouince,
le defefpoir des Femmes violées, la mifere des Villages
pillez, & les feux de nos maifons brûlées, éclatent affez
par tout le Royaume, pour iuftifier les defenfes legitimes
que nous preparons contre ces violences; Et neantmoins
dans les tumultes du temps, & dans la confufion des armes,
nous redoublons nos vœux et nos refpeɗs enuers noftre
Prince; & nous proteftons auec vous, que la feule paffion
de conferuer fon authorité, fon Eftat et la liberté publique,
nous oblige auec autant de neceffité que de douleur, à
nous feruir des derniers remedes, dont l'amertume paffera
quelques iours dans vne agreable douceur. Nous vous
enuoyons les Arrefts que nous auons donnez, pour vous
faire connoiftre les foins que nous auons d'imiter voftre
conduite, & d'auancer le fecours que vous auez defiré.
Monfieur le Duc de Longueuille employe continuellement
fon courage, fon credit & fes peines pour vn fi iufte deffein,
& les autres Compagnies Souueraines n'oublient rien pour
le faire reüffir. Nous efperons enfin que dans peu de iours

les Troupes de la Normandie feront en eftat de nous
ouurir les paffages, & nous rendre vne libre communica-
tion, dans laquelle nous tafcherons de vous donner autant
de fatisfaction par l'vnion inuiolable & fincere dont nous
vous affeurons, que nous auons de reffentiment de celle
que vous nous promettez, & des Arrefts que vous auez
donnez. Nous n'auons pas voulu rien arrefter fur la
conuocation des Eftats, que nous n'ayons appris ce que
vous en aurez ordonné. Les affaires plus preffantes nous
ont empefché iufques icy, de donner l'Arreft que vous
fouhaitez : ce fera le fujet de l'vne des premieres Affemblées, dont vous pouuez attendre vne refolution conforme
à vos fentimens, puis qu'ils font pleins de Iuftice, & que
nous voulons viure auec vous dans vne intelligence qui ne
fouffre iamais aucune diuision. Nous sommes,

MESSIEVRS,

       Vos Freres & bons amis, Les Gens tenans
       la Cour de Parlement de Normandie.
       Signé, VAIGNON, Greffier en chef de ladite
       Cour.

A Roüen ce 22 Febu. 1649.

# ARREST PORTANT QUE TOVS

*les Deniers qui se trouueront entre les mains des Comptables & Fermiers, seront apportez en l'Hostel commun de la Ville de Roüen.*

### Extraict des Registres de la Cour
### de Parlement.

LA Covr, les Chambres affemblées, affiftans en icelle le Seigneur Duc de Longueuille, Gouuerneur pour le Roy en cette Prouince de Normandie, le Sieur Marquis de Beuuron, Lieutenant General audit Gouuernement, & les Deputez des autres Compagnies Souueraines : Defirant pouruoir à la feureté des Deniers publics, & faire qu'ils foient vtilement employez pour le feruice du Roy, le bien & vtilité publique ; A ORDONNÉ & ordonne, Que tous Comptables & Fermiers apporteront inceffamment en l'Hoftel commun de cette Ville de Roüen, tous les deniers dont ils feront faifis, à la reception defquels, & verification d'iceux fur les bordereaux, feront preposez par les Efcheuins de cette dite Ville de Roüen, trois notables Bourgeois, lefquels auront chacun vne clef du coffre dans lequel ils feront depofez : Et pour éuiter aux abus qui se pourroient commettre en la perception des deniers des

Receptes qui font en party, ordonné qu'auec les Receueurs commis par les Adjudicataires, feront preposez des Controlleurs en chaque Recepte, pour tenir fidele regiftre de ce qui fe perceura aufdits Bureaux, à ce que lefdits deniers puiffent eftre portez chaque jour audit Hoftel de Ville. Faict à Roüen en ladite Cour de Parlement, les Chambres affemblées le troifiéme iour de Feburier mil fix cens quarente-neuf.

Signé,        VAIGNON.

༺༺༺༺༺༺༺༺༺༺༺༺༺༺༺༺༺༺༺༺༺༺༺༺༺༺༺༺

## AVTRE ARREST PORTANT QVE
*le Sel qui fe trouuera dans le Grenier & Magafin du depoft de la Ville de Roüen, fera vendu, & les deniers en prouenans, employez pour le feruice du Roy & conferuation de la Prouince.*

### Extraict des Regiftres de la Cour de Parlement.

L A Covr, les Chambres affemblées, affiftans en icelle le Seigneur Duc de Longueuille, Gouuerneur pour le Roy en la Prouince de Normandie, le Sieur Marquis de Beuuron, Lieutenant General audit Gouuernement, & les Deputez des autres Compagnies Souueraines : Sur ce qui a efté reprefenté qu'il fe commet plufieurs abus et

maluerfations au faict des Gabelles en cette Prouince, et
que le faux-faunage eft à prefent fi frequent, que s'il n'y
est pourueu, la Ferme des Gabelles, dont le Roy a toûjours
receu grand fecours, demeurera prefque inutile, & particulierement en ce temps que la Prouince eft remplie de
Troupes : Lequel abus prouient tant des miferes qu'extréme
necefsité du Peuple, que du prix excefsif & des nouuelles
augmentations qui ont efté mifes fur le Sel depuis plufieurs
années, encores qu'aux Prouinces plus efloignées de la
Mer, & pour la fourniture defquelles il conuient faire
beaucoup plus de frais, on aye efté contraint, pour les
caufes cy-deffus, d'y donner de la diminution, A ioindre
qu'au moyen d'vne moderation confiderable, qui couperoit
pied aufdits abus et maluerfations, le Roy n'en tireroit pas
moins de fecours de cette Prouince qu'il a fait cy-deuant :
Et veu la necefsité prefente des affaires, A ORDONNÉ &
ordonne, Que le Sel eftant dans le Grenier et Magafin de
depoft de ce cette Ville et Faux-bourgs, fera vendu et
diftribué aux Habitans d'icelle & lieux circonuoifins, par
les Officiers ordinaires dudit Grenier, pendant quinze iours
prochains & confecutifs de la publication du prefent Arreft,
au prix & fur le pied de dix liures le boiffeau ; A laquelle
vente & diftribution fera procedé par lefdits Officiers à
tous iours et heures pendant ledit temps, Pour eftre les
deniers qui en prouiendront mis és mains de ceux qui

B

feront commis & preposez pour cét effet, et employez vtilement pour le feruice du Roy & conferuation de la Prouince : Enjoint aux Officiers des Greniers à Sel, chacun endroit foy, de tenir exactement la main pour empefcher le faux-faunage, & proceder à l'encontre de ceux qui en feront preuenus, fuiuant la rigueur des Ordonnances. Et fera le prefent Arreft leu, publié & imprimé. FAICT & arrefté à Roüen en ladite Cour de Parlement, les Chambres affemblées le troifiéme iour de Feburier mil fix cens quarente-neuf. Et publié à la Barre de la Salle du Palais le 4. iour dudit mois & an. Signé, VAIGNON.

*Lecture & publication du contenu au prefent Arreft, a efté faite à fon de Trompe & cry public par les Carrefours & Places publiques de cette Ville de Roüen, par nous Huiffiers du Roy en ladite Cour de Parlement, fouffignez, ce quatrième iour de Feburier mil fix eens quarente-neuf, prefence d'Alexandre Coüillard, Trompette ordinaire, affifté de trois autres Trompettes, Signé,* Grauerel, le Courtois, de la Porte, & le Tac.

# AVTRE ARREST, PORTANT QVE

chacun Bourg & Village déclos payant cinq cens liures tant en Tailles qu'autres fubfides, fournira vn homme, & les autres Villages payans plus grande fomme, à proportion.

## EXTRAICT DES REGISTRES
### de la Cour de Parlement.

LA Cour, les Chambres affemblées, où eftoient le Seigneur Duc de Longueuille, Gouuerneur pour le Roy en la Prouince de Normandie ; le fieur Marquis de Beuuron, Lieutenant General pour le Roy au dit Gouuernement, Et les Deputez des autres Cours Souueraines, Defirant pouruoir à la feureté publique : & empefcher les violences et pilleries qui fe commettent en cette Prouince, A ordonné & ordonne, que tous les Villages et Bourgs déclos, payans, année derniere, pour Taille, Taillon, Subfiftance & autres droicts, la fomme de cinq cens liures & au deffous, fourniront chacun vn homme de pied, armé d'efpée & de moufquet ; & celles impofées à mil liures, deux hommes, & ainfi au deffus à proportion, defquels ils refpondront &

qu'ils feront tenus de rendre aux lieux d'affemblée qui fera faite en la Ville où eft le Siege de chacune Eflection, par deuant le porteur des Ordres et Commiffions du dit Seigneur Duc de Longueuille, duquel ils retireront certificat pour leur valoir de Quittance de la fomme de cinquante liures pour chacun homme, en diminution de leur impoft à Taille, & ce dans la huiétaine du iour de la publication du prefent Arreft, qui fera faite dans chacun des Sieges des Eflections de cette Prouince, & faute par eux de fournir lefdits hommes armez au dit temps, lefdits Parroiffiens & habitans y feront contraints par toutes voyes deuës & raifonnables, & comme pour les propres affaires du Roy, fans qu'il leur en foit fait aucune diminution fur leurdit impoft à Taille : Et enjoint aux Prefidens & Efleus de cette dite Prouince, de faire proceder incontinent & fans delay à l'execution du prefent Arreft et publication d'iceluy aux Profnes de chacune Parroiffe. Fait à Roüen en ladite Cour de Parlement, les Chambres affemblées, le cinquiéme iour de Féurier 1649.

Signé,       VAIGNON.

# AVTRE ARREST PORTANT QVE
le Sel qui se trouuera au Grenier de Caën, fera vendu, & les deniers employez pour le feruice du Roy & au foulagement de ladite Prouince.

## EXTRAICT DES REGISTRES
### de la Cour de Parlement.

LA Cour, les Chambres affemblées, affiftant en icelle le Seigneur de Longueville, Gouuerneur pour le Roy en la Prouince de Normandie, Le fieur Marquis de Beuuron, Lieutenant General audit Gouuernement, Et les Deputez des autres Compagnies Souueraines : Sur ce qui a efté reprefenté qu'il fe commet plufieurs abus & maluerfations au fait des Gabelles en cette Prouince, & que le faux faunage eft à prefent fi frequent, que s'il n'y eft pourueu, la Ferme des Gabelles dont le Roy a toufiours receu grand fecours, demeurera prefque inutile, & particulierement en ce temps que la Prouince eft remplie de Troupes : Lequel abus prouient tant des miferes qu'extrême neceffité du peuple, que du prix exceffif, et des nouuelles augmentations qui ont efté mifes fur le Sel depuis plufieurs années, encores qu'aux Prouinces plus efloignées de la Mer, & pour la fourniture defquelles il conuient faire beaucoup plus de frais, on ait efté contraint pour les caufes cy-deffus, d'y donner de la diminution. A joindre qu'au moyen d'vne moderation confiderable, qui couperoit pied aufdits abus & maluerfations, le Roy n'en tireroit pas moins de fecours de cette Prouince qu'il a fait cy-deuant : Et veu la neceffité prefente des affaires, A ORDONNÉ & ordonne, que le fel eftant dans les Greniers & Magazins de dépoft de la Ville de Caën fera vendu & diftribué aux Habitäs d'icelle, & des Faux-bourgs & lieux circonuoifins, par les Officiers ordinaires dudit Grenier, pendant quinze iours prochains & confecutifs de la publication du prefent Arreft, au prix & fur le pied de dix liures le boiffeau; A laquelle vente & distribution fera procedé par lefdits Officiers à toufiours & heures pendant ledit temps, pour eftre les deniers qui en prouiendrôt mis és mains de ceux qui feront remis & preposez pour cét effet, & employez vtilement pour le feruice du Roy & conferuation de la Prouince : Enjoint aux Officiers des Greniers à Sel chacun endroit foy, de tenir exacte-ment la main pour empefcher le faux faunage, & proceder à l'encontre de ceux qui en feront preuenus, fuiuant la rigueur des Ordonnances : Et fera le prefent Arreft, leu, publié, & imprimé. FAIT & arrefté à Roüen, en ladite Cour de Parlement, les Chambres affemblées, le huictiéme iour de Feurier mil fix cens quarante-neuf.

Signé,                    VAIGNON.

# AVTRE ARREST PORTANT QVE

les·Parroiffes qui ne pourront fournir vn homme, en feront exemptes payant cinquante liures, & celles qui en doiuent fournir dauantage, en payant à proportion.

## EXTRAICT DES REGISTRES
### de la Cour de Parlement.

SVR ce qui a efté reprefenté à la Cour, les Chambres affemblées, où eftoient le Seigneur Duc de Longueuille, Gouuerneur pour le Roy en la Prouince de Normandie, Le Sieur de Beuuron, Lieutenant General audit Gouuernement, Et les Deputez des autres Compagnies Souueraines; Qu'il y a beaucoup de Parroiffes qui ne pourroient fournir des Gens de pied, ordonnez eftre leuée en chacune d'icelles par l'Arreft du cinquiefme de ce mois : LADITE COVR, A ordonné & ordonne, que les Parroiffes qui ne pourront fournir lefdits Gens de pied, feront tenus payer la fomme de cinquante liures, pour & au lieu de chacun homme de pied, en tant que celles impofées l'année dernière aux Tailles iufques à la fomme de cinq cens liures; Et pour les autres impofées à la fomme de mil liures, la fomme de cent liures au lieu deux hommes de pied; Et les autres eftans impofées à plus ou moins que lefdites fommes, à proportion : Et à cette fin, Ordonne que dans trois iours apres l'arriuée du porteur des Ordres

& Còmiffions dudit Seigneur Duc de Longueuille, en la
ville où est le Siege de chacune Election, les Efleus feront
tenus de faire fournir par les Parroiffes, chacun endroit foy,
ou les hommes, ou lefdites fommes; A ce faire feront les
Collecteurs & Habitans contraints par les voyes portées par
la Declaration du Roy du vingt-deuxiefme Octobre der-
nier, dont lefdits Efleus drefferont certificat contenant le
nom des Parroiffes qui auront fourny lefdits hommes, &
de celles qui auront payé lefdites fommes au defaut desdits
hommes, lequel ils enuoyeront audit Seigneur Duc,
huictaine apres; Et ordonne que les deniers que lefdites
Parroiffes payeront, feront reçeus par les Receueurs des
Tailles de chacune Election, ou Commis à la Recepte
d'icelles, dont lefdits Receueurs & Commis donneront
Quittances aufdites Parroiffes, pour leur eftre lefdites
fommes, ou le nombre d'hommes qu'elles fourniront,
defduis & rabatus fur les premiers deniers de leurs Tailles,
Taillon & Subfiftances : Et feront lefdits deniers, payez
par lefdits Receueurs, fuiuant les Ordonnances fignées
dudit Seigneur Duc, & vifées par les Deputez des Compagnies de cette Ville, en vertu defquelles ils en demeure-
ront bien & valablement déchargez. Faict à Roüen en ladite
Cour de Parlement, les Chambres affemblées, le vingt-
deuxiéme iour de Féurier 1649.

     Signé,           VAIGNON.

# REMERCIMENT
# DES NORMANS
### A
# SON ALTESSE
## DE LONGVEVILLE
## POVR LA PAIX

A PARIS,

Chez CARDIN BESONGNE, ruë d'Ecoffe au
mont fainct Hilaire, au Chapeau Royal

M. DC. XLIX.

# REMERCIMENT
## DES NORMANDS.
### A
# SON ALTESSE
## DE LONGVEVILLE
### POVR LA PAIX.
# ODE

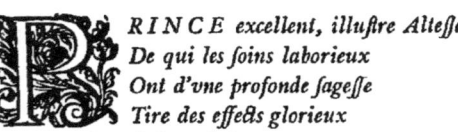

*RINCE excellent, illuſtre Alteſſe.*
*De qui les ſoins laborieux*
*Ont d'vne profonde ſageſſe*
*Tire des effeƈts glorieux*
*Sans toy, bel eſprit, & bel ame,*
*L'horreur du fer & de la flame*

*Nous euſt fait des maux infinis :*
*Et de long temps la Paix ſacrée*
*Faite auſſi-toſt que deſirée,*
*N'auroit les peuples reſioüis.*

❦❦❦

*Mon Dieu, que la guerre civille*
*A des torrents impetueux.*
*Que par les champs & dans la ville*
*Elle ébranle de vertueux.*
*Que ſa fureur eſt redoutable,*
*Que ſa rage eſt épouuentable.*
*Meſme entre les plus innocens :*
*Que ſon deſordre & ſon rauage,*
*Souuent du plus ferme courage*
*Met en deſordre tous les ſens.*

❦❦❦

*Que la plus belle des Prouinces,*
*Aymable & Gouuerneur aymé,*
*Auec raiſon que tu luy vinſſes*
*Brûloit d'vn deſir enflammé :*
*Que ſon zele & que ta prudence*
*Ont dignement ſauvé la France*

*De mille barbares efforts,*
*Dont les moins cruelles efpreuves*
*N'euffent par tout fait voir que veufves,*
*Que pleurs, qu'orphelins, & que morts.*

*Le Roy mefme de qui l'Enfance*
*Prefage beaucoup de valleur*
*Et fur qui les plus grands de France*
*Prennent l'exemple de la leur :*
*Auffi toft qu'à ce grand Monarque*
*Les ans auront donné la marque*
*D'vn redoutable Potentat,*
*Il étendra fa gratitude*
*Sur toy, qui dans vn temps fi rude*
*Luy fçeus conferuer son Eftat.*

*Auffi la Reyne que ie prife*
*Comme vn trefor tres precieux,*
*Sçachant nos maux eftre en leur crife,*
*A voulu défiller les yeux :*
*Cette incomparable Princeffe,*
*Qui veille à noftre bien fans ceffe,*

Et qu'on ne peut affez cherir,
S'émerueille de ta conduite,
D'auoir combatu, mis en fuite,
Et furmonte fans coup ferir.

※※※

Que Meffeigneurs, les deux Beaux freres,
Ont bien fecondé tes deffeins
A nous retirer des miferes
Où nous plongeoient d'auares mains,
Ces deux grands et rares Genies,
Dont les forces font infinies
Sur les peuples & fur les Rois,
Partagent avec toy la gloire
De la veritable Victoire
Que le Roy gaigne par vous trois.

※※※

La Paix eſt faite, & ce miracle
Qui fait à prefent tant de bruit,
Fait qu'au Printemps fans nul obftacle
L'Olivier nous donne fon fruit
Mais afin que ta Renommée,
Dont l'odeur eſt par tout femée,

*Puiſſe porter plus loing ſon vol ;*
*Faits par ta haute politique,*
*Que cette Paix ſe communique*
*De nous encore à l'Eſpagnol.*


F I N.

# LETTRE

## DE
## MESSIEVRS
### DV PARLEMENT
### DE NORMANDIE,
## AV ROY.

Touchant le refus de receuoir Monfieur le Comte d'Harcourt.

A PARIS,
Chez ARNOVLD COTINET, ruë des
Carmes, au petit IESVS.   1649.

# LETTRE DE MESSIEVRS
du Parlement de Normandie,
au Roy.

### TOVCHANT LE REFVS
de reccuoir Monſieur le Comte
d'Harcourt.

I R E,

VOSTRE MAIESTE' aggreéra, s'il luy plaiſt,
d'eſtre aſſeurée par ſon Aduocat general, que nous luy
enuoyons exprés; que nous auons receu auec reſpect les
Lettres de Cachet du 17. de ce mois, qui nous ont eſté
enuoyées par Monſieur le Comte d'Harcourt, de la part de

VOSTRE MAIESTE', dont luy rendons tres-humbles
graces dans la reconnoiffance que nous auons de fes
grandes qualitez & merites. Mais au mefme temps nous la
fupplions de receuoir en bonne part, & comme de fes
fideles & obeïffans Subjets, nos excufes de la furfeance
(fous fon bon plaifir) à l'execution de fes ordres en cette
Ville, par des motifs & confiderations finceres & impor-
tantes au bien de fon feruice, dont nous auons informé
plus particulierement ledit fieur comte d'Harcourt, pour
faire fçauoir à VOSTRE MAIESTE' les juftes & fideles
intentions de cette Compagnie : La fuppliant tres-humble-
ment de confiderer, que comme il luy a pleu confier en
cette Compagnie la principale authorité de cette Prouince,
nous auons creu eftre à noftre debuoir d'apporter quelques
remifes aux ordres portez par ledit fieur Comte, pluftoft
que d'emouuoir par cette execution prefente, de mauuaifes
humeurs preftes à paroiftre dans vos Peuples, alarmez par
les bruits qui auoient efté femez de garnifons, qui leur
venoient en fuite dudit fieur Comte d'Harcourt : & des
apprehenfions qu'ils auoient par ces exemples, des
mauuais traittemēs & violences qu'ils auoient fouffertes il
y auoit peu de temps, par des gens de guerre qui auoient
efté logez en fes fauxbourgs. Cette confidération, SIRE, a
efté de telle importance, qu'en executant fur l'heure les
ordres portez par vofdiétes Lettres, nous hazardions de

faire vn effeᵈ tout contraire aux intentions de l'authorité
& bien du feruice de VOSTRE MAIESTE'. En forte
que fondez fur l'exemple de Henry le Grand d'heureufe
memoire, qui en pareil rencontre & femblable motif, auoit
bien voulu confier en cette Compagnie l'authorité du
commandement : NOVS auons eftimé, que VOSTRE
MAIESTE' prendra en bonne part le feruice, que nous
auons creu luy rendre & à la Reyne Regente en cette
occafion, & qu'elle n'imputera point à manquément
d'obeïffance le delay, pour quelque temps, de receuoir
ledit Comte, jufques à ce que nous ayons veu comme
nous ferons, de tout noftre cœur et pouuoir, calmer les
mouuemens & inquietudes des Peuples, & faire connoiftre
à vos Subjeᵈs les chofes contraires aux bruits qui auoient
efté femez, pour les contenir en l'obeïffance de VOSTRE
MAIESTE'. Pour le feruice de laquelle & de la Reyne
Regente, nous employerons nos biens & nos vies, comme
eftans

SIRE,

Vos tres-humbles, tres-obeïffans & tres-
fideles Subjeᵈs & Scruiteurs, les Gens
tenans le Parlement de Normandie.

Du 21. Ianvier 1649.
Signé CVSSON.